送迎の言葉

❖社会心理学の視点

坂口哲司 著
Sakaguchi Tetsuji

ナカニシヤ出版

まえがき

1982 年（昭和 57 年）から大阪教育福祉専門学校（旧・大阪保育学院）に勤務した際、広報誌「公孫樹」に卒業生への贈る言葉を書いてきました。また、新年を迎える「年賀状」にも、その年の世相を反映し、いかに一市民として迎えていくべきかの視点からの提言を、自戒を込めて書いて参りました。

四半世紀にわたるそれぞれの歳月についての想いを、社会心理の視点で提起してきたものを纏《まと》めて世に出したいと思っていました。内容は、各年ごとの時代の息吹を基にして書いた年賀状の文面や卒業生への贈る言葉です。

この各年ごとの息吹を知るには、折々の年表や風俗・世相が必要となります。年表・風俗・世相の内容は、全て「朝日新聞社 2007　自分史を書くための戦後史年表」の中から、私自身の観点から選ばせてもらいました。年表は、その年の三大出来事として私の視点で選んだものですので、実際の社会的な軽重とは違いがあります。そのような観点から、1983 年（昭和 58 年）～ 2006 年（平成 18 年）までの内容の一部を本書の最後に参考資料として転載させて頂きました。特に風俗・世相の部分は、その年の時代背景を如実に知る手がかりとなります。一部を引用させて頂きました。詳細は朝日新聞社の原本を手に取って頂ければ幸いです。

四半世紀にわたる年賀状や卒業生に贈る言葉を書きながら、社会的義憤や公憤を述べてまいりましたが、結局、自分自身の生き方や処し方を見つめ直すために書いてきたきらいがあります。そのことによって、自省や自律のよすがとなったことはいなめません。

本書の表題を「送迎の言葉―社会心理の視点―」としましたが、振り返ってみれば、まさに、自らが新たな新年を迎えるに際しての、あるいは、その年を生きるための指標としての卒業生への贈る言葉であったように思います。

今日まで、十全なる社会心理学者とはなりえませんでしたが、社会心理的視点で時代を見つめる視座だけは失ってはこなかったと自負しています。

還暦を迎える身となった自分自身を顧みて、改めて自戒を込めながら、いかに今後を生きていくかの道標として、本書を出すことにした次第です。

本書の写真は、友人の藤野美代子女史（公立高島総合病院看護部長）に提供して頂きました。

本書を出版するに際して快諾頂いたナカニシヤ出版社長中西健夫氏、本書の煩雑な制作にご指導とご援助を頂きました編集長の宍倉由高氏に心から感謝申しあげます。

2009年1月吉日
鉢植えの山桜の芽吹きに想いを託して
坂口哲司

目　次

送迎の言葉

——社会心理の視点から——

1983年（昭和58年）

本学院の精神と映画「男はつらいよ」

「男はつらいよ」は世界の映画史上例をみないシリーズ長寿作品として名声の高い映画です。

私は「男はつらいよ」を最も愛するファンのひとりです。この作品は実に様々なものを学ばせてくれます。この作品の良さは以下の3つに集約できそうです。

第1に人の弱みにつけ込まない映画です。フーテンの寅こと車寅次郎はひょんな切っ掛けで女性と知り合い恋に落ち入りますが、決して相手の心の隙間をねらって自分を売り込もうとはしません。ただ、優しく暖かく育くむだけです。この世は、人の弱みにつけ込む商売が多く強者の論理がまかり通っています。職制上の役割地位（例えば社長と社員）も場合によっては強者と弱者の関係になってしまうこともあります。しかし、この作品には見られません。

第2に日本の家族のあり方の良さを教えてくれます。寅さん一家は実に些細なことで喧嘩します。喧嘩の原因は、憎しみ合いではなく相互の思いやりや行き過ぎによる場合が多いようです。先日、TVのドキュメンタリーを観てると、ある会社では従業員の動静をさぐるため会社の電話に盗聴器が仕掛けられていることが紹介されました。人間関係がすさんでいる証拠です。今は正々堂々と喧嘩をせずに、人を鎌掛けて落としいれたりする時代のようです。寅さん一家の面々は信頼関係で結び合っているので決してそんな喧嘩はしません。それぞれが素直に心情吐露をするのです。

第3に人間の本当の優しさとは何かを教えてくれます。優しさを突きつめていけば、仮りに組織や集団の運営に強者の面があれば批判せざるを得なくなります。優しさや思いやりを実行するとなると口で言うほど生易しくありません。寅さんは精一杯実行します。観客は、そんな寅さんの人間への限りない優しさを自分の心に重ね合わせ、幸わせな暮らしを夢想しながら、涙するのです。

本学院の建学の精神は「み心」だと聞きます。寅さんの心と同じだと思います。ただ、新任間もない私にはその具現化されたものがまだ分かっていません。これからです。願わくばその精神を私なりに大切にして育くんでいきたいと思います。

1984年(昭和59年)

もしもあなたに出会えたら

人間の一生の営みは、ある意味でいえば人との出会いにあるようです。

私たちは人との出会いを通して、過去、現在、未来という時空を越えたなかにある人間の真理を知ろうと努めています。

さりげなくて淡い感じの出会いもあれば、きわめて劇的な感動を呼び起こす出会いもあります。

素晴らしい人との出会いは、私たちの生活や心を豊かにしてくれます。いやな感じを抱いた人との出会いは、自己の生きている姿を相手をしてじっくり客観視させてくれます。

人生は長いようで短く人との出会いも多いようで少ないものです。互いに相違する立場にある人との出会いは大切です。

ただし、一定の利害を共有することを前提にした出会いの場合は、あまり自己の人生を豊かにしてくれる内容を提供しないことが多いようです。

私たちの世界観や人生観をもたらす指標は、自己の人との出会いの量と質の程度による相関関係で決っていくようです。人はそれぞれの生き方によって求める出会いに違いが見られます。

諸姉はどのような出会いを求めていくのでしょうか。

1985年(昭和60年)

羞恥心について

「羞恥」あるいは「羞恥心」という言葉は、近頃ではいささか死語に近い言葉に様変わりしている。恥ずべきことを羞恥というなら、さしずめ羞恥心とは「恥ずかしく思う心」をいうのであろう。

社会の制度や人間相互の関係性が変化していけば、当然、それまでに形成され、伝承された人間関係の表現形態も変化していくのは世の常である。

言葉遣いがずいぶん乱暴になったり、優しさや、思いやりに欠けた人たちの増加している現象が頻繁にみられるようになったのも、社会関係の変化によるものであろう。

羞恥心とは遭遇するあらゆる事態に対して常に謙虚で素朴な驚きを示すものをいうのであろう。

年齢差や性差に限らずその人となりがにじみ出てくる羞恥心をみるにつけ、美意識を感じるのは私ひとりではないと思う。

ブリッ子ぶる必要はないが、瑞々しい感性に裏打ちされた言葉やしぐさあるいは人との対応関係が私たちの身近な生活の場面でみられると、羞恥心は時代や世代を越えて人間が人間であることの品性を示すひとつのように思えてならない。

1986年(昭和61年)

あなたがリーダーになったときに

皆さん卒業おめでとう。卒業生の皆さんは、これから幼稚園・保育所・施設など様々な分野で活躍していくことでしょう。いつかは様々な分野でのリーダーとなったり、なかには経営者となって手腕を発揮する人も輩出するであろうと信じています。将来、皆さん達がいい仕事をおこなうためにしかるべき役職に就いた際の心構えを付言しておきたいと思います。

江戸中期徳川綱吉の頃の儒者に荻生徂徠という人がいます。彼は「人を使う道・人の上に立つ者の心得」として、次の諸点を提起しています。

1. 人はその長所だけをとればよろしい。短所はあえて知るには及ばない。
2. 小さな過ちを咎めてはならない。
3. 自分の好みに合う者だけを用いてはならない。
4. 用いる以上は仕事を充分にまかせるべきである。
5. 上の者が下の者と、才を争ってはならない。
6. 有能な者にはかならず欠点がある。才ある者は、とかくヒト癖あるものだ。この癖や欠点のゆえにその人物を捨ててはならない。
7. こういう心がけで人を使っていれば、いつ、どういう事態が発生しても、これを適切に処理できる適任者をかならず部下のなかに見出せるものである。

なかなか含蓄のある心得です。社会に出るにあたって、彼の言葉の意味をよく噛みしめながら、心得に即した人材に育っていって下さい。

1987年（昭和62年）

人権の確立と個性の尊重を

皆さん卒業おめでとう。世界は今や世界の超富豪家による多国籍企業と金融・銀行業を両輪にした動きが、国家や社会体制や民族や人種を越えた編成の営みを拡大させています。

このような国際化のなかで、私たちの日常生活を総点検してもわかるように個人の無個性化が着々となされています。個人の人権や個性の尊重などが、管理化のもとで有形無形化されていくきざしを感じるのは私一人ではないと思います。

今こそ、新たな人権の確立が必要になってきている時代はないように思います。人が人を大切にし合う基本的な出発は、お互いの個性を大切にする人権の確立と尊重にあります。しかも、真の国際人になるために身につける必要最低条件です。

人権を大切にする教育は、本当は乳幼児期の段階から様々な生活習慣を通して形成されていかねばならないと思います

個々の個性と人権を大切にするための教育と実践は本学院でも今後補強されていく可能性があるでしょうし、これまで充分なされなかった皆さんたちは、現場で人権を大切にする学習と活動を始めていって下さい。

1988年（昭和63年）

謹　賀　新　年

大恐慌の再来がいわれています。適度な恐慌あるいは恐慌心を醸し出すことは、超富豪家ないしはそれに翼賛する人々にとって、一般大衆に富を分散させずに彼らに偏在させるためのひとつの方法になっています。

かつての貧困時代と比較すれば、中流意識が大半を占めるに至ったとはいえ、現実の社会は二極分化を早めています。それも着実に逆Jカーブ曲線の分布を促進させています。富裕型と貧窮型、知識豊潤型と欠損型、社会性発達型と未発達型、文化享受型と喪失型、体制膠着型と浮遊型、愛情甘受型と欠乏型など、二極分化があらゆる分野において蔓延し加速化されています。しかも、二極分化の各基軸は、さながらクルクル変わる万華鏡の中にあるかのごとく他面・多層で不統一です。価値の多様化・多次元化という虚名のもとに、私たちは見えざる枠組みの中に整理・統合化され確実に様々なものが奪われていくことでしょう。

せめて、その時代の到来に際し、自己の生き方に拘ることで対応していきたいと思います。

昭和63年　元旦

1988年(昭和63年)

人が好き、だからこの道・煙たい道

卒業に際して二言のべたいと思います。

保育者・福祉従事者として最も大切なことは、人が好きだということです。幼・少・青年期を通して人に傷つき、裏切られた経験があっても、根本のところで人を信頼できる気持ちを持っているかどうかです。

特に、人を育てる・世話する職業に従事する人は、まず人が好きで人を信頼できる人こそがなるべきだと思います。

自己の生育史を振り返って、果たして自分は本当に人が好きなのか信頼しているのか自問自答して下さい。そうでなければ他の道を選ぶほうが自分を生かすことになると思います。

第二に武士道の精神を著した佐賀鍋島藩の「葉隠」に「主君に煙たがれること」とあります。忠言は耳に逆らうように、上司やトップは部下として耳障りのいい言葉を吐いたり盲従する者を大事にしたがるものです。一言でいえばゴマスリ人間が可愛いいものです。

しかし、組織や集団を駄目にするのも事実です。

ゴマスリ人間はそれを常に持続するという大変さがありますが、それ以上に、苦言を呈する人間になるということは大変な苦労がつきものです。ただ、真に組織や集団を愛するならば、上司やトップに煙たがれる人間になることが必要です。勿論、自分が上司やトップになった時もなるべく煙たい存在の部下を一人でも多く抱え込むことが、真の意味で組織や集団を活かすことにもなり、愛することにもなります。そのような幅広い人間になって下さい。

以上、二点をもって卒業おめでとうに代えたいと思います。

1989年（昭和64年・平成1年）

謹　賀　新　年

「傍観者になれない人生とは、公正な視線を貫くことである。そのためには、賭けた夢も潰《つい》え、もちろん出世は望むべくもない。しかし、この公正な視線がかち得るものは、無償の行為である。そして、自分が成しとげたまことの男の仕事が残されるはずである。勁《つよ》さはきびしさに裏打ちされ、厳しさはやさしさに裏打ちされ、やさしさはただしさに裏打ちされていなければならない。」

立原正秋著“男性的人生論”より

ゆるやかな視線と姿勢を身につける不惑の年に入ったにもかかわらず、立原氏の言葉は、激しく、そして、熱く、私の魂をゆさぶります。

激情さから遠ざかりつつある現況のなかで、静かなる気迫を熟成させたいものです。

1989年　元旦

1989年（昭和64年・平成1年）

不惑の年を迎えて「男はつらいよ」

「男はつらいよ」は、私の好きな映画シリーズのひとつである。

映画としての甘さやストーリーの巧拙さを感じる作品もなかにはあるが、この映画を見ないと盆と正月を過ごした気にはならない。見終わった後、家内とあれこれ談議する喜びを与えてくれるこの映画には、いつも感謝している。

私の偏見であるが、この映画を愛する人たちは、すくなくとも、つつましい暮らしをしている庶民であり、ざっくばらんな心優しい人々であると考えている。

この映画をゆったりとした気持ちで見るために、立見をやめてわざわざ再度、映画館に足を運んだと言われる本校のある事務の方など「男はつらいよ」を愛するにふさわしい人である。映画を観る姿勢とは、こうありたいものである。

先日、四十作目を見に行ったところ観客が多くて立見であった。終了後、斜め前方の通路で男性の激しい口調が聞こえた。何事かと思ったら出る客と入る客との押し問答であった。暖かい気持ちに包まれていた私は、一度に冷水を浴びせられたような思いをした。せめて、見終わった後ぐらい人と人との交わりに優しい振舞いを期待するのは私一人だけではあるまい。

かつて、映画や文学などは人間の心を浄化する作用をしていた。今は、それが希薄になってきたのであろうか。そのためか、世の中もおかしくなってきた。

「男はつらいよ」の全作品とは言わないまでも、一度、機会があれば見て欲しい。家族とは、仕事とは、生きるとは、愛するとは、優しさとは、といった人々の暮しのうえで大切な事柄が、軽いタッチで提起されていて考える契機を与えてくれるからである。

皆さん卒業おめでとう。

1990年（平成2年）

謹　賀　新　年

時々、夢を見ます。「夢のなかで」の自分がいます。

傍目で見ていると虚ろに見えていたり、理解しがたい行動に映じていても、その世界におられる痴呆性老齢者は、かつて、自分が生き生きしていた頃の「夢のなかで」生きている姿を表現されておられているのでしょう。

馬歳を重ねて不惑の40と41歳。2倍の年齢に達したとき、きっと、私のような性格の者は、痴呆性老齢者の仲間入りをすると思います。その折の未来を想定すれば、いい意味でも悪い意味でも、地球という国家の概念を飛翔した統一社会の中で、私たちは生きているでしょう。

なるべく楽しい嬉しい夢を見られるように、色々なことに執着もせず淡々として、しかも、人生の意義と意味を理解した素晴らしい方々との多くの出会いを、これからも心掛けたいものです。

平成2年　元旦

1990年(平成2年)

90年代を先駆ける保育者に

1989年末における自由・民主化へのうねりは、東欧社会に大きな変革をもたらしました。早晩、国家の概念を飛翔した統一社会が、地球的規模で求められていくことでしょう。

一国の国家利益のみを追求した政策や方針は、地球が抱えている様々な問題を解決するうえでは時代錯誤の感覚です。宇宙船地球号としての運命共同体で考えて実践する時代の到来です。

90年代は、人々の自由・平等・民主・愛他心を、これまで以上に育てて実現化していくことが求められる時代です。

ここでの自由とは、自らの意志で表現や行動ができることです。平等とは、富の公平な分配であり、また差別がなされないことです。民主とは、根回しの形式的民主主義によるものでなく、ワイワイガヤガヤとおしゃべりや無駄があっても時間をかけて決めていく手続きです。愛他心とは、思いやりや優しさに裏打ちされたものです。

これら4点を踏まえない組織や社会は、必ず、崩壊したり指弾されるわけでして、その姿を今回は、ルーマニアに典型的に見ることができました。一族の支配や権力の集中が許されない時代です。

90年代における時代精神を先駆けていくことこそが、これからの保育者に求められる姿です。

皆さんは、上記の4点を踏まえた保育・福祉観を持って実践していって下さい。

皆さん卒業おめでとう。

1991年(平成3年)

謹　賀　新　年

全ての事象が変われば、期待と不安が交錯し、変わらなければ、安心と不満が蓄積します。変化への思いは、人それぞれでしょうが、時は、確実に流れていきます。

何かに執着するもしないも、これまた、人それぞれの生き方によらざるをえないでしょう。

今年も、静かなる語らいと美酒を愛する者との充実した日々を過ごしたいものだと思っています。

平成3年　元旦

1991年(平成3年)

すべては自分の一歩から

ロバート・フルガム著「人生に必要な知恵はすべて幼稚園の砂場で学んだ」(河出書房新社)の一節に、次のような文章がある。

「何でもみんなで分け合うこと。ずるをしないこと。人をぶたないこと。使ったものはかならずもとのところに戻すこと。ちらかしたら自分で後片づけをすること。人のものに手をださないこと。誰かを傷つけたら、ごめんなさい、と言うこと。……省略……不思議だな、と思う気持ちを大切にすること。」

果たして、私たちは、日々の暮らしのなかで、平凡で当たり前だと言われながらも、これらのことを大事に守って生活しているであろうか。

これらのひとつひとつが示唆する真の意味を理解して、いかなる場面のなかでもやり遂げることができるようになった時、人は初めて、見かけの上ではない保育と福祉の心を自分の心に宿すことができたと言えるであろう。

一方、人々の暮らす世界が、豊かさと優しさと愛に満ちた世界に変わっていくための営みがなされながらも、遅々として進まない。進まないが、誰かが始めなければならない。

一人一人が始めるしかない。まずは、自分自身の暮らしのなかで、自分を見つめるしかない。自分を見つめたら、自分だけでも当たり前のことをできるようにしていくことが、人間の未来に希望を持てる一歩になると言えよう。

皆さん、卒業おめでとう。

1992年(平成4年)

謹　賀　新　年

孤独は寂しさがあります。孤高は独りよがりの無理があります。連帯はどこかにべたつきと空々しさがともないます。

人生を素直に受けとめ、明日をわずらわないで生きるために、個（ひとり）である生命を縁（えにし）として楽しめる「個縁」を創造したいものです。

しかも、「個縁」は「集縁」にもつながる広がりがあります。

個と集を基とした、人と人との出逢いを大切にして生きたいものだと思います。

本年も、何卒、宜しくお願い致します。

平成4年元旦

1992年(平成4年)

矛盾も解決も我にある

昨年末に二回続けて類似の盗難に遭った。人生四十二年間で初めての体験であった。憤りを越えて、その心臓の強さとプロ並みの鮮やかな手口に脱帽したというのが本音である。

小学校二年生頃、新発売されたチューブ入りチョコレートが珍しくて、親におねだりをする暇もなく、矢も楯もたまらなく欲しくなったことがある。初めて母の財布からお金を盗んだ。お店の人に盗んだ金で買っているのが気付かれないかとドキドキであった。手にして、一口なめた途端に激しい罪悪感が激震のように身体を震わした。買ったばかりの物をドブに捨てた。捨てれば罪があがなわれると子供心に思ったのである。この体験は私の心に深く残り今日に至っている。

罪悪感も千差万別であれば、人は矛盾の塊でもある。矛盾が大きく持続すると自己の統合が取れなくなって最後には自己破壊が起こる。矛盾を統合させようとして人は生きていく。組織も人もそうである。当初は、矛盾を持っていてもより良い方向へと努力する。努力せずに隠ぺいしたり矛盾をそのままにする方法は猜疑心と強圧な体制を形成して、いつしか内部から腐敗を生み、組織も人もある日ある時突然に崩壊する。

昨夏、本田技研の創始者である本田宗一郎氏が逝去された。会社のためでなく自分のために働けと檄を飛ばし、従業員を第一義とし会社は社会の公器とした氏は、人の矛盾を前向きに解決していった当世第一の人であった。本田氏の精神が生き続ける限り、車はホンダを買いたいのがファンの気持ちである。

人は罪悪感や矛盾をはらみながらヤジロベェのバランスの中で生きていく。乳幼児の模範となる保育者、豊かな暖かさで包む福祉従事者。いずれも、自己の矛盾や罪悪感のあり方を自問自答しながら、自らも幸せになるとともに周囲の人も幸せになる方向を模索続けて欲しい。

卒業おめでとう。

1993 年（平成 5 年）

謹 賀 新 年

最近、いい顔立ちとそうでない顔立ちの違いが、少しはわかるようになってきました。

その人の生きざまが、素直で思いやりがある生き方をしている人の顔立ちには、感動があります。いい顔立ちをした人との出会いは、まさに、美しいものを見たり・食べたり・聴いたりした時のような心のときめきを覚えます。

このような人との出会いができるように、こちらも日々の努力と生きる姿勢を前向きにしていかないと、出会う機会を失ってしまうと思っています。

本年も、何卒、ご高配を宜しくお願い申し上げます。

平成 5 年元旦

1993年(平成5年)

洗練さの継承は、あなた次第である

日本は、住環境は別にして、衣食はほぼ満たされた。そのせいか、見栄えは、一見すると素敵な若者達が増えた。ただ、挨拶や言葉遣いや仕草などに風雅な装いを感じなくなった。男女共にその年代の持つ清楚さや色香も漂わなくなった。住環境は行動様式と意識を変える。人は、豪奢な建物の中ではそれなりに、あばら屋では、がさつになる。

かつて、貧困ながら相互扶助の共同体意識が人々を支え合った。戦後、拝金主義が蔓延して、律儀に生きる人々の意識を逆なで、真面目さや誠実さという生き方を軽視し使い捨てにした。利益中心が心の文化を破壊し優しさや察しや気遣いが上滑りなった。一見、無駄とする投資があってこそ文化は開花する。

拝金主義や人も使い捨て意識で造成した家庭の文化は、最低、三代は持続する。孫や曾孫におばあちゃんは清楚で品があったねと言われるかどうかは、もはや自分次第である。人柄と教養と品性は、自己修練の賜物である。

保育・福祉従事者像もまたしかりである。バブル崩壊後、人々は、目に見えない・形に現れないものに視座を置き始めた。かつては子守やお手伝い意識で保育や福祉従事者を見据えた視点も、本格的に洗練された専門家を希求する時代となった。人々の期待に沿えない組織や人は、ある日突然、そっぽを向かれるだろう。

卒業おめでとう。

1994年（平成6年）

謹　賀　新　年

波瀾万丈と申しますように、人生は様々なことがあって、初めて、人が生きてきたという意義と意味を感じるように思えます。

振り返って青年期が疾風怒濤の時代であったればこそ、激しくも自分が自分であったことの存在を感じられるものだと思います。

結果を問わずして生きる勇気と信念を大切にして、自らのための想い出づくりを多く育てていくようにしたいものです。

いつかは訪れる終焉の日を迎えるからこそ、人との出会いと自分らしさとは何かを問い続けながら日々を大切に生きたいものです。

本年も何卒、皆様方のご厚誼を頂きますことを、切にお願い申し上げます。

平成6年元旦

1994年(平成6年)

ゆるやかで暖かな思潮を育むために

バブル崩壊による不況と脱亜入米の戦後思想は、解雇による年功序列と終身雇用をこれまで以上に明確な形で瓦解させたために、思いやりのある生き方を一層考えさせました。

豊かな時代になったとはいえ、精神構造は単なる拝金主義のため、人間の薄っぺらな取り扱いが、組織への帰属や愛着心を急速に失わせる心を招来し増幅させ始めたようです。

建て前と本音の乖離が甚だしくなくて、生きやすい社会関係形成への模索がされています。ただ、社会的公正や還元を遵守すること、職分に応じた社会的使命に精励すること、派中派や徒党をよく熟慮することで、組織と個人の関係の健全性が養われ次世代へのゆるやかな社会関係の委譲がなされるでしょう。

このような思潮を原初的に育んでいくのが、乳幼児の段階であり、具体的行動として実践するのが福祉の場面です。専門職に就くとはいえ、いまだ浅門的知識と疑能であると謙虚に自覚して、自己の研鑽に励んで下さい。

皆さん、卒業おめでとうございます。

1995年（平成7年）

喪中につき年末年始の

ご挨拶をご遠慮申し上げます

本年四月に　父　坂口廣喜が永眠いたしました

本年中に賜わりましたご厚情を深謝致しますと共に明年も変らぬご交誼のほどお願い申し上げます

平成6年12月

1995年（平成7年）

故・山川信夫先生と諸姉に捧ぐ

本学の歴史から雲散霧消させないために、心に留めて頂きたい人物がいます。昨年十月、九十歳で逝去された故・山川信夫元副学院長のことです。山川先生は、明治人と肥後人の典型気質を内包したもののふの人でしたが、きわめてリベラルな教育人でもありました。

教育者は、余人を以ってかえがたしとする姿勢を貫いて新任間もない若輩の私に対しても教育人としての礼節さで接せられる人でした。

大学の気風や理想を激しく体得していた私に対して、ある時、大阪は東京に比べ個人意識の強い私学経営教育であることを踏まえることの肝要を、同じ肥後モッコスの同郷人のよしみとして示唆を受けたことがありました。山川先生なりの思いやりでした。爾来、老成した眼差しで十一年を過ごしました。

諸姉たちもいよいよ社会人です。職場で良き先輩や新たな良き人生の師に出会って下さい。人生を豊かにする人との出会いもあれば、侮蔑にあたる人との出会いもありますが、反面教師としてのなにがしかの人生の生き方を学ぶ一助を付与してくれるものです。むしろ、汚濁を感じる時ほど、清冽な泉の流れのあり方を稟として熟慮させてくれます。

様々な人々との出会いこそが、自らの魂をゆさぶり、生きる意欲を活性化させてくれるはずです。阪神大震災は、そのことを教えてくれました。真の友を世代や性別や人種を越えて一人でも多く持ち得た人こそ、素晴らしい人生であったということです。

ご卒業おめでとう。

1996年(平成8年)

謹　賀　新　年

先人達の労苦によって築かれてきた戦後50年は、結局、砂上の楼閣でしかなかったのではないでしょうか。

謙虚さや控えめさや恥じらいなどといった言葉は、限りない欲望への渇望を希求する人間の本性からすれば、建前の言葉でしかありませんが、まだ語られる社会は健全な部分を保持していたといえましょう。

ところが、今日では、欲望達成へのあからさまな本音を実践させることは良いとしても、誰もが自己の役割に応じた責任を忌避する時代を醸成させてしまったようです。私も含めて日本は、凛とした自らの指針を呈示できないままに、今年をもまた迎えたようです。

せめて、失望の涙の中に微笑みを僅かでも表現できる生き方だけは、喪失しないように努力したいと思っています。

本年も何卒、皆様方のご厚誼を頂きますことを、切にお願い申し上げます。

平成8年元旦

1996年(平成8年)

正業の心を忘れず、自分の役割に精励しよう

平成7年度は、1月17日の阪神淡路大震災、3月の地下鉄サリンに端を発したオウム真理教事件、戦後50周年決議、沖縄米軍基地問題に伴う日米安保条約のあり方、住専に代表される金融界の不祥事等々と、日本の根幹の脆弱さを露呈した年でした。

「まともな職業、かたぎの職業」という意味をなす正業が、日本の心棒から遊離してしまったために、バブル爛熟後の崩壊が汚辱と腐敗と不信と責任喪失をもたらしました。砂上の楼閣が今日の日本の姿といっても過言ではありません。

たまたま、地政学的な条件とこれまでの先人達の勤勉と責任感と真面目さの努力の所産で、バブル崩壊後もかろうじて、かぼそいながらも一応の安定が保たれているに過ぎないのです。

正業への心と姿勢をいかに回復し初心に立ち還るかが各自に問われている時です。改めて、それぞれが正業に従事しかつその職務に精励し、集団と個との関係の中でも何が正しく何が大事であるかを常に自問自答しながら、孤立の憂き目にあっても正業を行動していく勇気と気概が求められているのです。

各人の努力は小さく微々たるものであっても、その集積が将来の日本の方向性を見誤らず、より一層の繁栄をもたらしてくれるものです。その出発のひとつに諸姉らの乳幼児教育・保育や福祉や介護があり、そこに新生日本の再生の原点があることを自覚して下さい。

卒業おめでとう。

1997年（平成9年）

謹　賀　新　年

正道・公道・大道・正義・大義・道義・信義などという言葉が空中分解した時代となりました。人々は怒りながらも、飼い慣らされたほどほどの幸福感に浸った状態に置かれたために、ルーズな感覚に依拠した生き方を選択しているのが実態です。

拝金主義の価値観が蔓延した今日では、あらゆるものを手に入れるためには身も心も傷つけなければ達成されないのも事実です。正直さや清貧に生きることが愚かなる姿に見える時代ですが、間違いを認め、失敗を認め、反省して改善していく素直な姿勢を続けていく方が、結果的には心身の安寧と癒やしと暖かさを与えてくれる生き方のようにも思います。

リストラや機能優先に対する義憤や悲憤慷慨への静かなる広がりの胎動が開始され、必ずや新たなる変革の季節が到来する予感を感じる次第です。

本年も何卒、皆様方のご厚誼を頂きますことを、切にお願い申し上げます。

平成9年元旦

1997年(平成9年)

あなたの豊かな知性と品性と情緒性が人を育てる

20世紀は貧富の闘争の歴史でした。21世紀の日本は、ルーズな規範の中で本能実現を優先する電脳社会です。建前としての自由や平等や博愛とは裏腹に、巧妙な棲み分け社会が、加速度的に形成されることを危惧します。

そのような社会を変革し生きやすい社会にするには、子どもの頃の遊びが大切です。子どもの遊びは子どもの仕事であり、その遊びは創造性と想像性と協調性を養います。保育者の豊かな知性と品性と情緒性が、子どもの遊びの深まりとおおらかさを育んでいきます。

卒業する皆さんは、自己の実力を謙虚に見直してさらなる勉学と努力をして下さい。明日の自分のために。そして、未来の子どものために。

卒業おめでとう。

1998年（平成10年）

謹 賀 新 年

かつて、四海に囲まれた閉鎖社会の日本の心棒は、良くも悪くも聖徳太子の「和」の精神でした。

ビッグバンの開始は、公正・公平・開示を原則にした新たなる社会システムの導入となりますが、一方で、市場至上原理による実力主義や競争主義の激烈さによって、さらなる貧富の差の拡大が懸念されます。平成の世での「和」の再編化への胎動です。

敗戦後、人々の勤勉さと忠誠心によって、今日の国家の再建をなしてきたわけですが、巧妙なる閨閥によって形成されたあらゆる領域のリーダーの無責任と恥知らずが、今日の社会の腐敗と未来への指針喪失とをもたらしてしまいました。

世界化の波の中で、組織・国家・民族・人種・宗教に対する個人との葛藤関係を飛翔する思想的基盤の血肉化と生き方をいかに実践していくかが、これからの人々にとっての課題ではないかと思います。

本年も何卒、皆様方のご厚誼を頂きますことを、切にお願い申し上げます。

平成10年元旦

1998年(平成10年)

あなたの第一歩があなたと私を豊かにする

ビックバンによる投機的資本主義の到来は、日本人の心性をさらに自己本位と弱肉強食に著しく変容させることが想定されます。

むしろ、これからの日本は、環境・資源問題を克服した経済成長、都市・農村を含む共生社会の形成、超高齢化社会における生から死に至る一連の生命・人権の遵守、などを基軸とした国家構築しか発展はありません。

問題解決にあたり、その責任を個人の倫理観や責任に帰属させてもシステム支援がない限り水泡に帰しますが、それでも、個々人の役割は状況に風穴を与える第一歩です。その個人を育てたり養護したり介護するのは、あなた自身です。諸君の資質が求められる所以です。

卒業する皆さんは、組織や集団の中で自己決定と自己責任で凛として立ち向かえる資質を磨いていって下さい。

ご卒業おめでとう。

1999年（平成11年）

謹　賀　新　年

かつて、若かりし頃、僕らが大人になれば、きっと心身ともに豊かな世界を形成していることであろうと夢想していました。

ところが、私を含めた無責任な人々によって、世の中は、拝金主義思想に裏打ちされた何でもござれの下劣な社会に変貌されてしまいました。さらに、不安や不信が、拝金のみならず権威や権力への欲求を倍加させ、それらを勝ち得るまでは微塵にも見せない深謀遠慮の中で生き暮らす姿を随所で見聞きする時代となりました。いつしか、勧善懲悪など木っ端微塵に崩壊しドラマの世界でも鼻白む次第です。

先人達の生き様を知識として学ぶのではなく、自らの轍を省みる糧として生かし、自己満足のごまめの歯ぎしりの感がなきにしもあらずですが、せめて悲しみや苦悩があっても、笑いと楽しさと生き生きと生きる考えや行動を忘れずに志向する生き方を今後とも続けたいものです。

本年も何卒、皆様方のご厚誼を頂きますことを、切にお願い申し上げます。

平成11年元旦

1999年(平成11年)

あなたが、まさに時代の息吹を変える

戦後の拝金主義とミーイズム（悪い意味での個人主義となった）が、他者と共生する生きる喜びや楽しみを瓦解させてしまいました。

一人勝ちの生き方や育て方が蔓延して、バブル崩壊後、人々の心に不安や不信や自信喪失を抱かせました。乾ききったささくれだった時代精神が、私たちの心を覆っています。

このような時代状況において、個々人が微力であっても、自らの教育・保育・福祉・介護観を磨きながら、ひとつひとつを実践していくうねりを形成して拡大させるとともに結実していくことが、この閉塞感を打破していく方法でしかないようです。

諸君らの使命感と役割の自覚が必要であり、さらなる努力を希求する次第です。

ご卒業おめでとう。

2000年（平成12年）

謹　賀　新　年

リストラの嵐に襲われた大人達は、家族を死守するために、同僚の足を引っ張ったり誹謗中傷をしてまでも、自分だけは生き伸びなければならないとの決意で画策をせざるを得ない羽目に陥っています。

若者達は、そのような大人の生き様を見ながら、大人のいう夢や希望がいかに絵空事であって、努力をするよりも明日を気の向くままに刹那的でも気楽に生きることが、よほど人間的だと考えて、可能な限り剥き出しの本能を大切にするとともに、自分に素直で個性的に生きたいと願って行動しています。

真面目さや誠実さを軽視し出した若者の意識革命は、だらしない社会を加速化させ、一気に社会の棲み分けとスラム化を強化させていくことでしょう。

労働者の団結を分断化することで築き上げた富裕層も、最終的にはシッペ返しを受けることで、大団円を迎えるまでの混迷と変動を生じるのが、日本の21世紀初頭の時代ではないかと予感する次第です。

本年も何卒、皆様方のご厚誼とご厚情を頂きますことを、切にお願い申し上げます。

平成12年元旦

2000年(平成12年)

あななたの幸せは、あなたの仕事の中にある

弁護士の中坊公平氏は、TV番組「ザ・スクープ」(1999.12.11)のインタビューで、人の不幸によって成立する仕事が、医師・弁護士・僧侶なので、これらの職業に従事する人達は、金儲けに走ってはならないと述べています。その代わりに、尊敬と権威が付与されます。

色々な不正がありますが、お天道様は、いつかは白日の下に晒すのが世の常です。むしろ、人の喜びに連なる公平さの実践が、人から人に語り継がれる事になるかけがえのない想い出と人的財産を私達に与えてくれます。

教育・保育・福祉・介護の仕事も人の弱みや不幸によって成り立つ仕事でもあります。

人を育てたり癒したり世話をしたりする事が、めぐりめぐって自らを幸福にする道に連なっていることを、強く肝に銘じて、各自が職務に精励されることを希求する次第です。

ご卒業おめでとう。

2001年(平成13年)

喪中につき年末年始のご挨拶を

失礼させていただきます

本年5月に 義父 中山國蔵が89才にて永眠いたしました

ここに本年中のご芳情を厚くお礼申し上げますと共に明年も変わらぬご指導とご交誼をお願い申し上げます

平成12年12月

2001年(平成13年)

20世紀はあなたの夢想と一歩の中にある

21世紀に入りました。今世紀末を想像するのは、早計とのそしりもまぬかれませんが、恐らくその頃の地球は、宇宙船地球号としての社会システムに変貌していることでしょう。

ただ、人間は飽くなき欲望を充足するための生き方を益々続けているでしょう。そのために生身の人間同士の心の不一致やいさかいを避けるために、人間に近いロボットをパートナーとした疑似男女・夫婦関係による生活を形成していることでしょう。人工妊娠出産が常態化となり、出産後も生身の親子関係から遠いシステム化された子育て機関が、全ての子育ての役割を担っていることでしょう。

このような荒唐無稽な未来社会の出現を受容するかどうかは、ひとえに皆さん方の今後の教育・保育・福祉・介護観をどのように育て上げていくかによるのはいうまでもありません。

未来の選択はあなた方一人一人による夢想と一歩の中にあります。ご卒業おめでとう。

2002年(平成14年)

謹　賀　新　年

「人はどこから来てどこに行くのか」という深遠なるテーマがあります。ビッグバンによって誕生した宇宙から派生した地球も50億年後には、太陽の爆発によって消滅すると予測されています。生成流転して消滅していく法則は、宇宙も人類も同じです。

一度限りのかけがえのない生命だからこそ、あらゆる生きとし生きるものの生命を育み共に大切にしていくことが、重要なのは言うまでもありません。

輪廻転生や復活という不確かな想いに心を寄せることで、心理的安定を得るのもひとつの生き方ではあります。むしろ、二度とない生命であり人生であると自戒すれば、真摯に充実した豊かなる生き方を構築したいと努力していくのではないでしょうか。

つましい暮らしであっても穏やかで暖かな態度と行動を、再生のない一度限りの人生の中でいかに確実に展開させて充足させていけられるかが、その人の真の幸福と安寧に連動していくのかも知れません。

本年も何卒、皆様方のご厚誼とご厚情を頂きますことを、切にお願い申し上げます。

平成14年元旦

2002年(平成14年)

あなた自身が人生の幸福と安寧を創る

かつての学校は、教養や人格修養の場であって、現場に出てから実践力が、養成されていました。

今日、即戦力重視や実力主義となり、その養成を学校にもさらに強く求める時代となりました。保育士の国家資格への昇格は、慶賀の至りですが、将来、保育士も介護福祉士も養成校を卒業後、国家試験に合格して初めて資格授与されることになるでしょう。養成校もまた、さらなる設備等の拡充と教職員の充実をして対応しなければ、国家試験に合格できない学生を養成しているということで、淘汰される憂き目に合うことになるでしょう。

これからは、教職員の支援の学びをおろそかにせずに十分に吸収していくことが求められます。理由は、超高齢化の社会では、人格識見ともに資質のある職業人のみが、必要とされるからです。

諸君は、今、国家試験を受けたら合格できるだろうかという謙虚な気持ちを持って現場に臨んで下さい。さらに、現場で知識・技能・品性と職業倫理を研鑽して努力をする人のみが、人生の幸福と安寧がもたらされることを肝に銘じて下さい。

ご卒業おめでとう。

2003年(平成15年)

謹 賀 新 年

今日の日本の情勢を考えるにつけ、戦後、約60年で米国日本州の様相を呈してきたかに思える日本の現況は、今後、世界に波状化していくような気がします。暴力やテロには、巨大な力でしか対処し得ない現実の前で、アメリカの動きは、続いていくでしょう。国内外ともに緊張と不安の連続の日々です。

幾多の曲折を経て、未来は、世界連邦政府が樹立されるでしょうが、それまでは、あらゆる分野の混迷と崩壊と変革と再生とが連続し、多くの人々はそれによって翻弄されていくことになるのでしょう。

宇宙からは一瞬の光芒でしかない地球の営みのなかで、さらに、取るに足らない我が人生を顧みましても、波瀾万丈は、それなりに招来する次第です。

せめて、いかに良き知友と出会い・語らい・美酒を酌み交わせるか、また、静寂なる思索の時空間をもてるかは、大切な人生の課題のように思えます。

本年も何卒、皆様方のご厚誼とご厚情を頂きますことを、切にお願い申し上げます。

平成15年元旦

2003年(平成15年)

本学の未来は諸君らの双肩にかかっている

大学は、今後、一割の研究大学と九割の職業訓練大学に分かれます。その改革のしわ寄せは、短大・専門学校に押し寄せ、特に専門学校の淘汰は激しくなります。大学の専門学校化のためです。

これからの専門学校は、有能で優秀な教員をいかに確保し大学以上の特化した環境や設備を充実しないと、未来の夢は描けないということです。

さらに、卒業生が現場で活躍して、信頼を勝ち得ることでしか、後輩の採用の拡大に連動しないということです。現場で接する親や利用者は、自分自身と同程度かそれ以上の学歴や資質を持った資格者に関わって欲しいと望んでいくからです。

まさに、本校の生き残りは、卒業する諸君らの双肩にかかっているといっても過言ではありません。資格は取ったものの正直なところ荒削りな状態で卒業していく諸君らは、今後、自力で知識・技能・品性を高めていって、世間に恥じない専門職者になっていく努力を常に怠らないで下さい。

ご卒業おめでとう。

2004年(平成16年)

謹　賀　新　年

国民が小泉首相に期待したのは、さらなる構造改革であって、イラクへの自衛隊派遣なのでしょうか。

自衛隊が軍隊ならば、軍人の本業は「祖国防衛」であって、医療・給水・学校などの公共施設の復旧や整備などの副業ではないはずです。異国の地で副業で死ねば無念だと思うのは、おかしいでしょうか。

幕末・日本で外国人排撃の攘夷運動が生じたように、イラク国民が武器を携帯している自衛隊員に対して憎しみの対象に変わるのは、一目瞭然でしょう。

インドは、ガンジーによる非暴力不服従で、絶対支配者のイギリスから、独立しました。この精神を学ぶべきです。人道復興支援が真の目的ならば、武器を携帯しないその道のプロのみが、行くべきです。

水前寺清子の唄う「ぼろは着てても心の錦」の気概と羞恥心を喪失しつつある日本は、殺伐たる人間関係の世界へと変貌しつつあります。せめて、自らの正業を踏み外さないようにしていきたいものです。

本年も何卒、皆様方のご厚誼とご厚情を頂きますことを、切にお願い申し上げます。

平成16年元旦

2004年（平成16年）

良き先輩と出会う努力を忘れずに

私事で恐縮ですが、母校のひとつである七万三千人余の卒業生を輩出している熊本学園大学同窓会関西支部の会長に、昨年、3月に就任しました。

就任に際して2名から4名になった副会長と事務局長に、定年を過ぎた先輩になって頂きました。理由は「長」を続けると、誰もが独善・独裁的になってしまう傾向を、自分に戒めるためです。

先輩達は私を盛り立ててくれます。例えば、2名の幹事の欠員が出た折に、電話か手紙での要請で済むところを、直接、副会長と事務局長でわざわざ先方に出向いて要請してくれますから、先方も断れません。若い（？）会長に「恥」をかかせないための配慮です。さすがは先輩達です。脱帽です。

諸君も職場で同輩との出会いはもとより、良き先輩との出会いに心血を注いで下さい。中国の蜀の劉備玄徳《りゅうびげんとく》に、三顧《さんこ》の礼をもって迎えられた諸葛孔明《しょかつこうめい》のように、泣いて馬謖《ばしょく》を斬り信義を重んじ公正無私の資質を持った良き先輩と出会えば、荒削りなあなた方を暖かくかつ厳しく指導しながら、一人前になるように育ててくれると信じてやみません。素敵な先輩と出会う努力を怠らないで下さい。

ご卒業おめでとう。

2005年(平成17年)

謹　賀　新　年

超高齢化社会と少子化は　文明の爛熟とすれば慶賀の至りです。問題はそれを支える財政的基盤です。

税負担として、消費税は、日用生活必需諸物品は無税として、貴金属、ブランド品などの取得は、物品の2・3倍の税金をかけます。高額だからこそ収得者の優越と金満感は、さらに倍加します。あらゆる産業はハイテク化を加速化させ、文句も言わず24時間働き続けるロボットを、益々進化させていきます。

人手削減の担い手でもあるロボット君には申し訳ないですが、人間代替税を頂けたらいかがでしょう。

これらの税金を、今後の看護・介護・保育・福祉などの人手を必要とする分野に配分して、人材雇用を増やしていくことで、無・失職者やニートの増加の歯止めと致しましょう。資源のない日本にとって人材育成と働く喜びを感じる事と信頼のある人間関係の形成こそが、日本の未来を展望できる方法です。

貴下のご多幸を祈念申し上げますとともに、本年も何卒、ご厚誼とご厚情を頂きますことを、切にお願い申し上げます。

平成17年元旦

2005年（平成17年）

資格授与者の量から質への転換が始まった

ゆとり教育の見直しや少子化とともに、近い将来、文科省は教員資格を大学院修士卒以上とするでしょう。同様に、幼稚園教諭や保育士や介護福祉士も、大卒と国家試験合格者を以って資格授与とするでしょう。専門学校や短大は、2年養成から3年ないしは4年の養成期間となるでしょう。

理由は、親業の補完的役割であった子育てが養護・教育のさらなる担い手として求められ、親の扶養が組織的介護で対処せざるを得ないほどの家族や地域の弱体化があるからです。その任に当たる専門職者の高度な資質を求めざるを得ないということです。専門職養成の量から質への転換です。

養成校は、いかに有能な人材の確保ができるか、充実した教育環境を整備できるかが、第三者機関による評価の公開によって、学校の存続を決定するでしょう。本校もまたしかりですが、一方、これを支える一助を担っているのが、卒業していく諸君です。現場から、さすが本校の卒業生は、識見も豊かでありよくできるとの評価を得られるかどうかが、本校の存続を決定するということです。

まさに、諸君の今後の活躍に願うばかりです。将来、長い養成期間と国家試験を受けて資格授与された後輩達から尊敬できるように、日々の研鑽と人間的資質の向上の努力を忘れないで下さい。

ご卒業おめでとうございます。

2006年（平成18年）

謹　賀　新　年

小泉首相は、「国民に信を問う」・任侠世界の言葉である「殺されてもやる」「次期総裁選には出ない」という背水の陣で臨んだ結果、自らの展望を自己決定できずに他者依存型になってしまった国民の心情に連動して、一気に小泉体制が確立・席巻しました。

この余波は、多くのリーダー達に強権でやっていこうという幻想を与えました。至る所で見聞します。小泉首相は、確実に首相の座を去ると約束したのであって、やめなければ、晩節を汚すことになります。

多くのリーダー達も自らの退路を断って、明確な限定付きのリーダーシップを発揮しない限り、その地位に連綿と拘泥している限り、その反動は、かつての三越社長の解任騒動の再来をもたらすでしょう。

本年は、リーダー達の分水嶺の年です。公平・公明・公正で、その地位をいつでも辞去する覚悟のリーダーを持つ組織や集団のみが、生き残っていくことを証明する年となるのではないかと思っています。

貴下のご多幸をご祈念申し上げますとともに、本年も何卒、ご厚誼とご厚情を頂きますことを、切にお願い申し上げます。

平成18年元旦

2006年(平成18年)

あなた方が希薄な人間関係を補完する

私たちが暮らす国家や地域や家族や組織や集団は、従来の共通認識に基づいた社会規範で生活していくことが、きわめて希薄で困難な時代となりつつあります。

インターネットを介した趣味や価値観を共有する狭小な世界観に立脚した人間関係の中で生活をする社会が、加速度的に形成されてきています。家を一歩出れば、無関係な他人社会が増えてきています。これまではゆるやかな他人との関係であったのが、明確に峻別された冷たい他人関係を基盤とした狭小な人間関係へと変貌しているということです。

一方、人間関係が希薄化するほど、各部門ごとにおける個々の要求に応じたきめ細やかな対処を求められることとなります。保育や福祉や介護においてもしかりです。経済的支援は財政難で先細り傾向ですが、反対に専門職者となる人達への社会からの要求水準は、高まりつつあります。苦労が多いわりには、恩恵が期待できない専門職者の受難の時代へと傾斜してきています。

高度の専門職者が必要となればなるほど、その専門職の基本において、公平・公正・公明な眼差しと知識・情感・意志に裏打ちされた愛と思いやりと優しさが、現場で展開されることを望まれます。皆さんのさらなる努力を期待します。

ご卒業おめでとうございます。

2007年(平成19年)

謹賀新年

子どもと若い女性に好評だとされるアルコールの入っていない飲料水に「こどもびいる」があります。愛嬌のある製品名ではありますが、飲酒運転が厳罰化されつつある今日、子どもの頃から飲酒に手が出てしまう懸念を連想させます。酒は百薬の長・御神酒だからこそ、製品名には考えさせられる次第です。

手厚い教育・保育・看護・介護とは、人手を多く必要とします。乳幼児や高齢者の安心感は、周囲の十全な配慮があって、初めて達成される世界です。働く者が、体力・知力・気力・経済力の四点と余裕があってこそ、相手への愛が生まれ愛の行動が結実できます。薄っぺらな世界へとなりつつあります。

改正教育基本法で愛国心を唱えるぐらいなら、思い切って愛球心や愛宙心まで飛翔してもらいたいものです。昔から真の勇者は、愛国心を叫んだり煽ったりすることもなく、不言実行です。そのような人物を世に輩出したい教育をしていきたいものです。

本年も何卒、皆様方のご厚誼とご厚情を頂きますことを、切にお願い申し上げます。

平成19年元旦

2008年(平成20年)

謹　賀　新　年

昨年、拙書「羞恥」(ナカニシヤ出版)を上梓しました。手に取って頂いた方々から、心温まる激励やご教授やご示唆を頂きまして、身に余る光栄でした。

恥と罪意識の合わせ鏡としての羞恥は、人間の根幹に関わる大切なものがあります。人間の文化的資質が関与しているからです。恥と罪意識からの一切の解放がなされるには、価値規範を決定できる絶対的な権力者になるか、孤独・孤絶に耐えられる強靱な精神構造を持ち得るか、動物になるしかありません。

文明の発展は、個々人の欲望を満たすとともに集団に依存しなくても生きていく方法を与えてくれます。動物としての人間の本能的行動欲求を充足させる社会が実現化するにつけ、恥と罪意識からの解放も達成されることでしょう。それでも、羞恥が文化である限り、対人関係を取り結ぶ役割があります。

真面目か自堕落かの一切の選択が、個人の自由に委ねられる時、文明と文化の最終帰結を意味します。

本年も何卒、皆様方のご厚誼とご厚情を頂きますことを、切にお願い申し上げます。

平成20年元旦

私が選んだ三大事件

（『自分史を書くための戦後史』朝日新聞社　2007　より）

1983 **年（昭和 *58* 年）**

1.11　中曽根康弘首相が韓国訪問。初の首相公式訪韓。

4.21　中曽根康弘首相が就任以来初の靖国神社参拝。

10.12　東京地裁ロッキード事件丸紅ルート公判で田中角栄元首相に懲役 4 年・追徴金 5 億円の判決。

◉世相・風俗

NHK テレビが「おしん」の放映を 4/4 より開始。

本「松本清張・迷走地図、山崎豊子・二つの祖国」

映画「楢山節考・今村昇平監督、戦場のメリークリスマス・大島渚監督」

歌「さざんかの宿・大川栄策、矢切の渡し・細川たかし」

流行語「いいとも、ロンとヤス、ニャンニャン」

ファッション「コムデ・ギャルソン、ワイズ、テクノカット、麻スーツ」

スポーツ「福本豊（プロ野球阪急）が通算 939 盗塁を達成」

商品「大塚製薬・カロリーメイト、任天堂・ファミリーコンピューター」

1984 **（昭和 *59* 年）**

3.18　大手菓子メーカー・グリコの江崎勝彦社長が西宮の自宅から誘拐、身代金を要求される。3 日後に自力で脱出。グリコ・森永事件。

5.18　国籍法、戸籍法改正が成立。父母のいずれかが日本人であれば日本国籍を認める。 86 年 1 月施行。

11.1　1 万円（福沢諭吉）、5000 円（新渡戸稲造）、1000 円（夏目漱石）の新札発行。

◉世相・風俗

本「安部公房・方舟さくら丸、浅田彰・構造と力」

映画「お葬式・伊丹十三監督、風の谷のナウシカ・宮﨑駿監督」

歌「長良川艶歌・五木ひろし、ワインレッドの心・安全地帯」

流行語「金・マルキン・貧・マルビ、イッキ、ニューアカデミズム、スキゾ・パラノ、くれない族、かい人 21 面相」

スポーツ「ロサンゼルスオリンピック開催」

ファッション「女性のマニッシュルック、マリンルック、リセエンヌルック、女性のメンズ物着用、刈り上げがブーム」
商品「ソニー・携帯用CDプレーヤー（ディスクマン）、松下電器の手書き入力ワープロ」

1985 年（昭和 *60* 年）

5.17　男女雇用機会均等法が衆議院本会議で可決、成立。
8.12　羽田発大阪行きの日航ボーイング747ジャンボ機が群馬県御巣鷹山山中に墜落、炎上。歌手の坂本九ら520人死亡、4人が奇跡の生還。
9.5　文部省、学校行事等で日の丸掲揚・君が世代斉唱の徹底を求める通達。

◉世相・風俗
本「小松左京・首都消失、城山三郎・打たれ強く生きよ」
映画「乱・黒澤明監督、アマデウス（ミロス・フォアマン監督）」
流行歌「恋におちて・小林明子、ミ・アモーレ・中森明菜」
流行語「実年、パフォーマンス、ダッチロール、投げたらアカン、コレで会社をやめました、FF（写真週刊誌）現象」
スポーツ「阪神が21年ぶりにリーグ優勝と球団初の日本一に」
ファッション「メンズのDCブランド、コンサバティブ（コンサバ）が復活」
商品「寺岡精工・デジタル表示式のはかりを発売、科学万博・超大型テレビや新開発大型コンピューターによる映像展示」

1986 年（昭和 *61* 年）

1.28　米のスペースシャトル・チャレンジャーが打ち上げ72秒後に爆発乗組員7人が死亡。宇宙開発史上最大の事故。
4.26　ソ連のチェルノブイリ原子力発電所で大規模な事故発生（チェルノブイリ原発事故）。
9.6　社会党委員長に土井たか子が当選。日本の議会政党では初の女性党首に。

◉世相・風俗
本「増田みず子・シングル・セル、さくらももこ・ちびまる子ちゃん（漫画）」
映画「鑓の権三・篠田正浩監督、バック・トゥ・ザ・フューチャー（ロバート・ゼメキス監督）」
歌「DESIRE・中森明菜、時の流れに身をまかせ（テレサ・テン）」
流行語「新人類、亭主元気で留守がいい、おニャン子、プッツン」
スポーツ「プロ野球日本シリーズで西武が広島を破り3度目の優勝」

ファッション「お嬢様ルック、マーメイドラインが流行。ボディコンが登場、ゴールドのアクセサリーが人気。DC ブランドがメンズに進出し、男性もメイクする時代に」
商品「富士写真フィルム・レンズ付きフィルム（写ルンです）を発売、食品に激辛ブーム」

1987 年（昭和 *62* 年）

4.1　国鉄が分割・民営化。JR グループ 11 法人と国鉄清算事業団が発足。
5.3　兵庫県西宮市の朝日新聞阪神支局に覆面の男が侵入、散弾銃 2 発を発射し小尻知博記者死亡、犬飼兵衛記者重傷。6 日共同通信社などに（赤報隊）を名乗る手紙が届き反抗を示唆。
5.10　1948 年に起きた「帝銀事件」死刑囚平沢貞通（95 歳）が肺炎のため八王子医療刑務所で死亡。約 39 年の獄中生活は日本の死刑囚としては最高。

◉世相・風俗
本「俵万智・サラダ記念日、石ノ森章太郎・マンガ日本経済入門」
映画「マルサの女・伊丹十三監督、プラトーン・（オリバー・ストーン監督）」
歌「愚か者・近藤真彦、人生いろいろ・島倉千代子」
流行語「劇場社会、懲りない○○、ジャパン・バッシング、くんない族、フリーター」
スポーツ「ボストンマラソンで瀬古利彦が優勝」
ファッション「ボディコン、ワンレングス、ロリータルックが流行」
商品「アサヒビール・初の辛口生ビール（スーパードライ）発売、東レが超極細繊維を使ったハイテク・メガネふき発売」

1988 年（昭和 *63* 年）

1.15　韓国政府が大韓航空機事件はソウル五輪妨害を狙った北朝鮮の「爆弾テロ事件」と断定。「蜂谷真由美」を名乗った金賢姫が犯行を認める記者会見。北朝鮮は「南のねつ造」と非難。
6.20　日米交渉が妥結し、牛肉、オレンジ輸入自由化が決まる（牛肉とオレンジ生果は 91 年 4 月から、オレンジ果汁は 92 年 4 月から）。
11.8　米大統領選で共和党のブッシュ候補が当選。上下両院選では民主党が勝つ。

◉世相・風俗
本「村上龍・愛と幻想のファシズム、吉本ばなな・サンクチュアリ」

映画「となりのトトロ・宮﨑駿監督、敦煌・佐藤純彌監督」
歌「パラダイス銀河・光GENJI、乾杯・長渕剛」
流行語「ペレストロイカ、今宵はここまでに、カウチポテト、ジョイナー」
スポーツ「ソウルオリンピック開催」
ファッション「渋カジブーム、キャラクターブランド、DCブランドの子ども服が人気」
商品「ダイキン工業・花粉症用空気清浄機、野菜ジュースに多彩な新製品」

1989年（昭和64年／平成元年）

1.7　昭和天皇が十二指腸部の腺がんで死去。87歳。皇太子明仁親王が新天皇に即位。新元号は平成。

6.3　深夜から4日にかけ、中国北京で戒厳部隊が天安門広場を装甲車、戦車で武力制圧。発砲も。民主化を要求して集まっていた市民多数が死傷（天安門事件）。

11.9　東西対決の象徴「ベルリンの壁」が事実上崩壊。10日市民らが壁の一部を取り壊す。

◉世相・風俗

本「津本陽・下天は夢か、吉本ばなな・TUGUMI」
映画「黒い雨・今村昌平監督、レインマン（バリー・レビンソン監督）」
スポーツ「フィギュアスケート世界選手権大会で伊藤みどりが日本人初の金メダル獲得」
ファッション「イタリアン・ファッションがブーム、サラリーマンにソフト・スーツが浸透、ラルフローレンが人気、ダナ・キャランの新ブランド（DKNY）が働く女性の支持をうける」
製品「任天堂・携帯ゲーム機（ゲームボーイ）を発売」

1989年（平成2年）

4.1　学習指導要領の改訂により小中高校の入学式での日の丸掲揚と君が代斉唱が義務化。

8.29　海部首相が多国籍軍に資金を提供するなどの中東支援策を発表。30日10億ドルの多国籍軍提供を決定。

10.3　ドイツが国家統一を回復。

◉世相・風俗

本「筒井康隆・文学部唯野教授、サルマン・ルシュディ・悪魔の詩」

映画「少年時代・篠田正浩監督、死の棘・小栗康平監督」
歌「恋唄綴り・堀内孝雄、おどるポンポコリン・B. B. クイーンズ」
流行語「ボーダーレス、バブル崩壊、三高、おたく族、成田離婚」
スポーツ「大相撲で横綱千代の富士が通算1000勝を達成」
ファッション「若い女性の間でソフト・キュロット、サイクリスト・パンツなどが流行」
製品「任天堂・家庭用テレビゲーム機（スーパーファミコン）を発売」

1991 年（平成 ***3*** 年）

1.17　米軍を主体にペルシヤ湾岸地域に展開する多国籍軍がイラク軍に攻撃開始。「砂漠の嵐作戦」と命名。湾岸戦争始まる。
9.19　政府が、自衛隊を国連の平和維持活動（PKO）に参加させるためのPKO協力法案を国に提出。12月3日衆議院本会議で可決。
12.25　ゴルバチョフ・ソ連大統領が辞任。26日ソ連最高会議共和国会議が最終審議を行い、ソ連消滅を宣言。

◉世相・風俗
本「金賢姫・いま、女として、ホーキング・ホーキングの最新宇宙論」
映画「おもひでぽろぽろ・高畑勲監督、ダンス・ウイズ・ウルブス（ケビン・コスナー監督主演）」
流行歌「SAY YES・CHAGE &ASKA、愛は勝つ・KAN」
流行語「PKO、若・貴、管理野球、火砕流、結婚しないかもしれない症候群、チャパツ」
スポーツ「登山家の田部井淳子が南極大陸の最高峰に登頂し、女性初の6大陸最高峰制覇を達成」
ファッション「紺のブレザーが台頭し、中高年にも普及する、茶髪が流行」
商品「カルピス食品工業（現カルピス）が「カルピスウォーター」を発売、NTT・小型携帯電話（ムーバ）を発売」

1992 年（平成 ***4*** 年）

1.11　大学入試センター試験が始まる。
8.27　金丸信自民党副総裁が東京佐川急便から5億円を受け取っていたと公表して副総裁辞任を表明。
9.12　「学校週5日制」スタート。月1回5日制。95年4月から月2回に。

◉世相・風俗

本「宮崎義一・複合不況、小林よしのり・ゴーマニズム宣言」

映画「シコふんじゃった・周防正行監督、JFK（オリバー・ストーン監督）」

流行歌「晴れたらいいね（ドリームズ・カム・トゥルー）、白い海峡・大月みやこ」

流行語「ほめ殺し、ミンボー、冬彦さん現象」

スポーツ「大相撲初場所で、19歳5ヵ月の貴花田（貴乃花）が史上最年少の初優勝」

ファッション「10代にスウェットパンツ、スウェットシャツなど大きめのサイズを着るだぼだぼルックが人気」

商品「ナイキジャパン・エァジョーダンⅦを発売、カシオ計算機・腕時計（Gショック）を発売」

1993 年（平成 ***5*** 年）

1.13　山形県新庄市の中学で1年生男子が巻かれた体育用マットの中で死んでるのが見つかり、県警は2年生の男子3人を傷害と監禁致死容疑で逮捕。8月23日山形家裁が無罪の決定。

4.23　天皇、皇后、初めての沖縄訪問

8.9　細川護熙連立内閣発足。38年ぶりの非自民政権。

◉世相・風俗

本「中野孝次・清貧の思想、小沢一郎・日本改造計画」

映画「学校・山田洋次監督、ジュラシック・パーク（スティーブン・スピルバーグ監督）」

流行歌「無言坂・香西かおり、YAH　YAH　YAH／夢の番人・CHAGE & ASKA」

流行語「Jリーグ、サポーター、規制緩和、コギャル」

スポーツ「曙が外国人で初めての横綱に昇進」

商品「マイクロソフト・パソコン用ソフト（OS）のウィンドウズ3.1を発売」。

1994 年（平成 ***6*** 年）

6.27　長野県松本市の住宅街で住民が有毒ガスによる中毒症状を訴え、7人が死亡58人が重軽症。松本サリン事件。

9.14　名古屋市のマンションで畑中和文・住友銀行取締役名古屋支店長が銃で撃たれて死亡。

10.13　作家の大江健三郎にノーベル文学賞。

◉世相・風俗
本「村上春樹・ねじまき鳥クロニクル、大江健三郎・燃えあがる緑の木」
映画「忠臣蔵外伝・四谷怪談（深作欣二監督）、シンドラーのリスト（スティーブン・スピルバーグ監督）」
流行歌「innocent world（Mr. Children）、ロマンスの神様・広瀬香美」
流行語「価格破壊、すったもんだがありました、同情するならカネをくれ、新・新党、就職氷河期、ヤンママ」
スポーツ「リレハンメル冬季オリンピック開催」
ファッション「透けない白い水着がヒット、ビジネスマンに三つボタンスーツ、襟ベストのスリーピース、高機能スーツが浸透」
商品「ソニー・コンピュータエンタテインメントが家庭用テレビゲーム機（プレイステーション）を発売」

1995年（平成7年）

1.17　阪神・淡路大震災。阪神地方でM7.2の直下型地震が発生、兵庫県を中心に建物の倒壊や火災が相次ぎ、交通通信電気水道などのライフラインが寸断された。死者行方不明者6437人。
3.20　地下鉄サリン事件。都内の地下鉄日比谷、丸ノ内、千代田各線の電車内に猛毒ガスのサリンがまかれ乗客や駅員ら10人が死亡、5000人以上が重軽症。同22日警視庁がオウム真理教関連施設を捜査。その後教団の幹部を多数逮捕し、5月16日には松本智津夫（麻原彰晃）代表を殺人容疑で逮捕。
10.30　東京地裁がオウム真理教に解散命令。

◉世相・風俗
本「さとうふみや・金田一少年の事件簿（漫画）、ヨースタイン・ゴルデル（ソフィーの世界）」
映画「午後の遺言状・新藤兼人監督、マディソン郡の橋（クリント・イーストウッド監督）」
流行歌「LOVE LOVE LOVE（ドリームズ・カム・トゥルー）、Overnight Sensation（trf）」
流行語「がんばろうKOBE、マインドコントロール、ああ言えば上祐、ボランティア元年、無党派、NOMO（野茂）、官官接待」
スポーツ「米大リーグのロサンゼルス・ドジャーズに入団した野茂英雄投手が対ジャイアンツ戦でデビュー、ナ・リーグの新人王に」
ファッション「10代女性を中心にミニピタTシャツ、サングラス、ヘソ出しルックが流行。見せる下着がファッションに。コギャル現象。ロングブーツ、ダウンタウンジャケット」
商品「マイクロソフト・パソコン用OS（ウィンドウズ95）を発売」

1996年（平成8年）

2.16　輸入血液製剤でHIV（エイズウイルス）に感染した血友病患者に菅直人厚相が厚生省を代表して謝罪。3月29日、患者と家族が国と製薬会社に損害賠償を求めていた東京HIV訴訟が、東京地裁で和解成立。
7.12　英チャールズ皇太子とダイアナ妃、離婚を正式発表。
8.4　映画「男はつらいよ」シリーズ寅さん役の渥美清（本名・田所康雄）が死去、68歳。

◉世相・風俗
本「藤原伊織・テロリストのパラソル、野口悠紀雄・超整理法」
映画「眠る男・小栗康平監督、Shall we ダンス？・周防正行監督」
流行歌「名もなき詩・Mr. Children、Don't wanna cry・安室奈美恵」
流行語「自分で自分をほめたい、友愛、排除の論理、メークドラマ、援助交際、アムラー、チョベリバ」
スポーツ「アトランタオリンピック開催」
ファッション「安室奈美恵をまねたアムラーが急増。茶髪・ロングヘア、細眉、厚底靴、冬場はマキシコート、夏場にストッキングをはかない（なま足）が流行、女子高生にはミニスカート、ルーズソックスが流行」
商品「任天堂・ゲームボーイ用ソフト（ポケットモンスター）を発売、バンダイ・携帯用デジタルペット（たまごっち）を発売」

1997年（平成9年）

6.17　臓器移植の場合に限って「脳死は人の死」とする臓器移植法が衆、参両院で可決成立。
8.31　ダイアナ元英皇太子妃がセーヌ川沿いで交通事故死。
12.9　衆院で介護保険法が可決、成立。

◉世相・風俗
本「浅田次郎・鉄道員（ぽっぽや）、妹尾河童・少年H」
映画「うなぎ・今村昌平監督、イングリッシュ・ペイシェント（アンソニー・ミンゲラ監督）」
流行歌「CAN YOU CELEBRATE？・安室奈美恵、硝子の少年・Kinki Kids」

流行語「失楽園、パパラッチ、日本版ビッグバン、貸し渋り、公的資金、酒鬼薔薇聖斗」
スポーツ「徒歩とスキーで冒険家・河野兵市が北極点に到達」
ファッション「若い女性にホルターネックの肩出しファッション、ストレッチブーツ、女子高生の紺色のハイソックス」
商品「ロッテ・キシリトール入り（キシリトールガム）を発売」

1998 年（平成 ***10*** 年）

3.19　特定非営利活動促進法案（NPO 法案）が成立。
7.25　和歌山市内で自治会の夏祭りにカレーライスを食べた小学生や自治会長ら 4 人が死亡。63 人が中毒症状に。9 月 2 日死亡者の胃の内容物から猛毒のヒ素を検出（毒物カレー事件）。10 月 4 日、林真須美を殺人未遂容疑などで逮捕、夫の林健治も詐欺容疑で逮捕。
11.25　中国の江沢民国家主席が日本を初めて公式訪問。26 日日中首脳会談で小渕首相が戦争責任について「反省とおわび」を口頭で表明、共同宣言に「侵略」「中国は一つ」と明記。

◉世相・風俗
本「五木寛之・大河の一滴、リチャード・カールソン・小さいことにくよくよするな」
映画「愛を乞うひと・平山秀幸監督、タイタニック（ジェームズ・キャメロン監督）」
流行歌「モーニングコーヒー・モーニング娘。、誘惑・GLAY」
流行語「だっちゅーの、凡人・軍人・変人、ハマの大魔神、環境ホルモン、老人力、モラルハザード、冷めたピザ、日本列島総不況、ガツン」
スポーツ「長野冬季オリンピック開催」
ファッション「細い肩ひものキャミソールが街着として大流行、美白ブーム、トートバッグが流行」
商品「アップルコンピューター（iMac）を発売」

1999 年（平成 ***11*** 年）

1.1　欧州連合（EU）の単一通貨「ユーロ」が仏独など 11 カ国に導入される。
5.7　情報公開法が衆院本会議で可決成立。
8.9　日の丸・君が代を国旗国歌とする法律が参院本会議で可決、成立。

◉世相・風俗

本「乙武洋匡・五体不満足、桐生操・本当は恐ろしいグリム童話」

映画「鉄道員（ぽっぽや）・降旗康男監督、アルマゲドン（マイケル・ベイ監督）」

流行歌「だんご3兄弟・（速水けんたろう・茂森あゆみ）、Winter again・GLAY」

流行語「リベンジ、雑草魂、ブッチホン、ひとり勝ち、自自公、買ってはいけない、カリスマ、ミレニアム」

スポーツ「第71回選抜高校野球大会で沖縄尚学が水戸商を破り初優勝」

ファッション「10代女性に「ヤマンバ」が出没、付け毛、厚底靴」

商品「ソニー・大型ロボットAIBO（アイボ）を発売、フルタ製菓・玩具付きチョコレート菓子（チョコエッグ）を発売で食玩ブームに」

2000年（平成12年）

2.6　大阪府知事選で太田房江元通産省審議官が初当選（全国初の女性知事）。

10.15　40年以上も副知事経験者の知事が続いていた長野県の知事選で作家の田中康夫が当選。

11.28　少年法改正案成立。

◉世相・風俗

本「大平光代・だから、あなたも生きぬいて、J・K・ローリング（ハリーポッターと秘密の部屋）」

映画「顔・阪本順治監督、アメリカン・ビューティー（サム・メンデス監督）」

流行歌「TSUNAMI・サザンオールスターズ、桜坂・福山雅治」

流行語「IT革命、おっはー、最高で金、最低でも金、めっちゃ悔しい、「官」対「民」、ジコチュー」

スポーツ「シドニーオリンピック開催」

ファッション「ミュールが流行、パシュミナストール人気　、ユニクロが流行」

商品「カネボーフーズ・「甘栗むいちゃいました」を全国展開。ヒット商品に」

2001年（平成13年）

1.20　ブッシュが米国大統領に就任。

4.24　自民党総裁選で小泉純一郎が橋本龍太郎元首相らを抑えて当選。26日小泉内閣が発足。外相に田中真紀子衆院議員。

9.11　米同時多発テロが発生。イスラム原理主義者にハイジャックされた2機の民間航空機がニューヨークの世界貿易センタービルに激突。別の1機がワシントンD. C.の国防総省ビル、もう1機がペンシルバニア州ピッツバーグ郊外に墜落。死者3000人以上。

◉世相・風俗

本「スペンサー・ジョンソン（チーズはどこへ消えた？）、J・K・ローリング（ハリーポッターとアズカバンの囚人）」

映画「千と千尋の神隠し・宮崎駿監督、AI（スティーブン・スピルバーグ監督」

流行歌「PIECES OF A DREAM・CHEMISTRY、Dearest・浜崎あゆみ」

流行語「明日があるさ、ショー・ザ・フラッグ、抵抗勢力、ドメスティック・バイオレンス、ブロードバンド」

スポーツ「米大リーグでイチロー（シアトル・マリナーズ）が、アメリカンリーグの首位打者、盗塁王、新人王、最優秀選手を獲得し鮮烈デビュー」

ファッション「ローライズジーンズ、2メートル以上のロングマフラー」

商品「三洋電機・（洗剤ゼロ）洗濯機、日本ビクター・高齢者でも使いやすいユニバーサルデザインのラジオ」

2002年（平成14年）

1.23　雪印食品が国のBSE対策を悪用し補助金をだまし取った、偽装牛肉事件が発覚。4月30日、同社解散。

4.1　公立の小中高校が毎週土曜日を休む完全週5日制に。新学習指導要領が導入され、小・中学校の教育内容は3割減（ゆとり教育始まる）。

9.17　小泉首相が日本の首相として初めて北朝鮮訪問。金正日総書記と会見。金総書記は拉致を認め謝罪。両首脳は国交正常化交渉の再開を柱とする日朝平壌宣言に署名。日本の植民地支配には「痛切な反省と、心からのおわび」を明記。一方で、拉致被害者の消息は生存が5人だけとされ、日本側は強く抗議。

◉世相・風俗

本「J・K・ローリング（ハリーポッターと炎のゴブレット）、日野原重明・生き方上手」

映画「千と千尋の神隠し・宮崎駿監督、たそがれ清兵衛・山田洋次監督」

流行歌「Voyage・浜崎あゆみ、traveling・宇多田ヒカル」

流行語「タマちゃん、ノーベル賞ダブル受賞、ベッカム様、ムネオハウス、貸し剥がし、声に出して読みたい日本語、内部告発、真珠婦人、拉致」

スポーツ「ソウルでサッカー・ワールドカップが開幕。」

ファッション「ジーンズやスパッツの上にスカートやワンピースを重ね着するダブルボトムスタイルが人気。男性にソフトモヒカンが人気。ニットの帽子」

商品「家電各メーカー・ノンフロン冷蔵庫、松下通信工業・沖電気工業（目の虹彩で人物を特定する防犯機器）」

2003年（平成15年）

2.1　米スペースシャトル「コロンビア」が大気圏再突入時に空中分解、乗員7人全員が死亡。

3.20　米軍がイラクの首都バグダッドの拠点を攻撃。同日夜地上戦に突入（イラク戦争開始）。

5.23　個人情報保護法が成立。民間事業者や行政機関などを対象にした関連5法が成立。

◉世相・風俗

本「養老孟司・バカの壁、佐藤秀峰・ブラックジャックによろしく（漫画）」

映画「踊る大捜査線THE　MOVIE2・本広克行監督、ハリー・ポッターと秘密の部屋（クリス・コロンバス監督）」

流行歌「世界に一つだけの花・SMAP、No way to say・浜崎あゆみ」

流行語「毒まんじゅう、なんでだろう～、マニフェスト、勝ちたいんや！、コメ泥棒、SARS、年収300万円、ビフォーアフター、へぇ～」

スポーツ「大リーグの野茂英雄（ドジャーズ）がジャイアンツ戦で大リーグ通算100勝を達成」

ファッション「ヌーブラ、アシンメトリーのスカート」

商品「花王・特定保健用食品（ヘルシア緑茶）、松下電器・洗濯槽が斜めになった洗濯機を発売」

2004年（平成16年）

5.22　小泉首相が2度目の平壌訪問。金正日総書記と会談。拉致被害者の家族計5人が帰国。

8.9　福井県美浜町の関西電力美浜原発3号機で事故、作業員4人が死亡。重体の1人も25日に死亡。

11.3　共和党のブッシュ米大統領再選。

◉世相・風俗

本「片山恭一・世界の中心で、愛をさけぶ、荒川弘・鋼の錬金術師（漫画）」

映画「ハウルの動く城・宮崎駿監督、ラストサムライ（トム・クルーズ）」

流行歌「瞳を閉じて・平井堅、Sign・Mr. Children」

流行語「チョー気持ちいい、気合だー、サプライズ、自己責任、韓流、ヨン様、負け犬」
スポーツ「アテネオリンピック開催」
ファッション「旅行用だったキャスターバッグが小型化され、街中で流行」
商品「任天堂・携帯型ゲーム機（ニンテンドーDS）を発売、ソニーが（プレイステーション・ポータブル）を発売」

2005年（平成17年）

2.16　京都議定書が発効。
4.25　JR宝塚線脱線事故。運転士を含む107人が死亡、約550人が負傷。
10.14　郵政民営化法案が参院本会議で自民、公明両党などの賛成多数で可決成立。

◉世相・風俗

本「矢沢あい・NANA（漫画）、山田真哉・さおだけ屋はなぜ潰れないのか？」
映画「男たちの大和YAMATO・佐藤純彌監督、ALWAYS三丁目の夕日・山崎貴監督」
流行歌「青春アミーゴ・修二と彰、さくら・ケツメイシ」
流行語「小泉劇場、想定内（外）、クールビズ、ウォームビズ、小泉チルドレン、刺客、ヒルズ族、格差社会、下流社会、萌え〜、フォー！」
スポーツ「プロ野球日本シリーズでロッテが阪神を破り31年ぶりの日本一に」
ファッション「ウェッジソール、ジュエルサンダル」
商品「シャープが、液晶テレビで、当時世界最大の65インチ型を発売」

2006年（平成18年）

1.1　東京三菱銀行とUFJ銀行が合併世界最大の銀行に。
6.5　東京地検特捜部はニッポン放送株の売買をめぐるインサイダー取引容疑で、村上ファンド代表・村上世彰容疑者を逮捕。
9.20　自民党総裁選で安倍晋三選出。26日首相に就任。

◉世相・風俗

本「藤原正彦・国家の品格、J・K・ローリング（ハリー・ポッターと謎のプリンス」
映画「武士の一分・山田洋次監督、父親たちの星条旗（クリント・イーストウッド監督）」
流行歌「Real Face・KAT-TUN、一剣・氷川きよし」
流行語「欧米か！、ロハス、もったいない、ギャルサー、イナバウアー、品格、エロかっこいい、デトックス、メタボリックシンドローム、ホリエモン、ハンカチ王子」
スポーツ「トリノ冬季オリンピック開催」
ファッション「黒髪が復活」
商品「ソニー・プレイステーション3、任天堂・Wii（ウィー）」

■ 転載資料（文献）

1. 1983・昭和58年6月1日「公孫樹」第27号　p.2　B4版　大阪保育学院広報　発行所・大阪保育学院　心理学担当坂口哲司
2. 1984・昭和59年3月21日「公孫樹」第29号　p.2　B4版　大阪保育学院広報　発行所・大阪保育学院　青年心理学担当坂口哲司
3. 1985年・昭和60年3月22日「公孫樹」第32号　p.2　B4版　大阪保育学院広報　発行所・大阪保育学院　心理学・児童心理学・青年心理学担当坂口哲司
4. 1986年・昭和61年3月23日「公孫樹」第35号　p.2　B4版　大阪保育学院広報　発行所・大阪保育学院　心理学・社会・児童心理学・社会学・精神衛生・青年心理学　坂口哲司
5. 1987年・昭和62年3月20日「公孫樹」第38号　p.1　B4版　大阪保育学院・大阪聖徳学園社会体育専門学校広報　発行所・大阪保育学院　青年心理学・心理学・社会学・社会Ⅰ・精神衛生　坂口哲司
6. 1988　昭和63年3月19日「公孫樹」第41号　p.3　B5版　大阪保育学院・大阪聖徳学園社会体育専門学校広報　坂口哲司
7. 1989年・平成元年3月18日「公孫樹」第44号　p.2　B5版　大阪保育学院・大阪聖徳学園社会体育専門学校広報　坂口哲司
8. 1990年・平成2年3月17日「公孫樹」第47号　p.3　B5版　大阪保育学院・大阪聖徳学園社会体育専門学校広報　坂口哲司

8a. 未発表（嬉しいかな人間悲しいかな人間）

9. 1991　平成3年3月18日「公孫樹」第50号　p.3　B5版　大阪保育学院・大阪聖徳学園社会体育専門学校広報　坂口哲司

9a. （不採用）矛盾も解決も我にある

10. 1992年・平成4年3月18日「公孫樹」第53号　p.2　B5版　大阪保育学院・大阪聖徳学園社会体育専門学校広報　坂口哲司

10a. 矛盾も解決も我にある　坂口哲司

11. 1993年・平成5年3月18日「公孫樹」第55号　p.2　B5版　大阪教育福祉専門学校・大阪聖徳学園社会体育専門学校広報　坂口哲司
12. 1994年・平成6年3月17日「公孫樹」第57号　p.3　B5版　大阪教育福祉専門学校・大阪聖徳学園社会体育専門学校広報　坂口哲司
13. 1995年・平成7年3月17日「公孫樹」第59号　p.2　B5版　大阪教育福祉専門学校・大阪聖徳学園社会体育専門学校広報　坂口哲司
14. 1996年・平成8年3月21日「公孫樹」第61号　p.2　B5版　大阪教育福祉専門学校・大阪聖徳学園社会体育専門学校広報　坂口哲司
15. 1997年・平成9年3月20日「公孫樹」第63号　p.3　B5版　大阪教育福祉専門学校・大阪聖徳学園社会体育専門学校広報　坂口哲司
16. 1998年・平成10年3月19日「公孫樹」第65号　p.3　B5版　大阪教育

福祉専門学校・大阪聖徳学園社会体育専門学校広報　坂口哲司
17. 1999年・平成11年3月18日「公孫樹」第67号　p.3　B5版　大阪教育福祉専門学校・大阪聖徳学園社会体育専門学校広報　坂口哲司
18. 2000年・平成12年3月16日「公孫樹」第69号　p.3　B5版　大阪教育福祉専門学校・大阪聖徳学園社会体育専門学校広報　坂口哲司
19. 2001年・平成13年3月14日「公孫樹」第71号　p.3　B5版　大阪教育福祉専門学校・大阪聖徳学園社会体育専門学校広報　坂口哲司
20. 2002年・平成14年3月18日「公孫樹」第73号　p.3　B5版　大阪教育福祉専門学校・大阪聖徳学園社会体育専門学校広報　坂口哲司
21. 2003年・平成15年3月18日「公孫樹」第75号　p.2　B5版　大阪教育福祉専門学校・大阪聖徳学園社会体育専門学校広報　坂口哲司
22. 2004年・平成16年3月18日「公孫樹」第77号　p.2　B5版　大阪教育福祉専門学校・大阪聖徳学園社会体育専門学校広報　坂口哲司
23. 2005年・平成17年3月17日「公孫樹」第79号　p.2　B5版　大阪教育福祉専門学校・大阪聖徳学園社会体育専門学校広報　坂口哲司
24. 2006年・平成18年3月16日「公孫樹」第81号　p.2　B5版　大阪教育福祉専門学校・大阪聖徳学園社会体育専門学校広報　坂口哲司

■ 引用文献

猪狩章・中村和裕（執筆）・長瀬千雅（編集）　2007　自分史を書くための戦後史年表　朝日新聞社

付　録

以下のものは、その折りの事情で、書き換えをよぎなくされた四編である。本来ならば、抹消すべきものであるが、その年の自己の有り様を顧みる指標の一助となるために、付録として載せておきたい。

1990年（未発表）

嬉しいかな人間悲しいかな人間

「人を見たら泥棒と思え」という考え方で人生を生きていく人がいます。社会的地位やお金のあるなしにかかわらず、人生経験のなかでその人が、たどってきた選択肢のひとつです。

幼少青年期の段階で、人に裏切られたり、悲しまされたり、いじめられたりした体験の深さに比例して、人間不信をつのらせてきた人です。人を愛していると装っていても、本質的には人が恐いのです。大体、大人になって威張っている人に多いようです。だから、威張ったりいじめたりすることで、これまでの自分が受けてきた屈辱を解消しているのです。

子どもの頃のガキ大将は、意外と大人になったら威張ることのむなしさを知っていますので謙虚です。人を愛したり人に愛されたりすることの喜びの大切さをしみじみと自覚するからです。

皆さんが職場で、もしかすると人間不信を抱いた人生を歩いてきた人に出会うことがあるかもしれません。このような人にいかなる誠意をもって接しても、人間関係の発展は、まずは無理です。ますます誤解されるだけです。愛が、慈悲が、その人の心を暖かくできる可能性は、ほぼ有り得ないでしょう。あきらめて下さい。

しかし、人生をいかに生きるべきかを示唆してくれる反面教師としては、格好のモデルです。多くを学ばせてくれる人ですので、そのような人との関係も楽しみとしていけるような幅広い生き方を選んでいって下さい。

また、乳幼児の段階から人への愛情をいかに育まれたかで、その人のその後の人間関係の核を形成しますので乳幼児を対象とする皆さんたちは、愛や思いやりを育てることの意義を忘れないで下さい。

皆さん卒業おめでとう。

1992年(不採用)

矛盾も解決も我にある

昨年末に二回続けて盗難に遭った。講義中に研究室に置いていたカバンの中の財布から、各一万円抜き取られたのである。人生四十二年間で初めての体験であった。憤りを越えて、その心臓の強さとプロ並みの鮮やかな手口に脱帽したというのが本音である。

小学校二年生頃、新発売されたチューブ入りチョコレートが珍しくて、親におねだりをする暇もなく、矢も楯もたまらなく欲しくなったことがある。初めて母の財布からお金を盗んだ。お店の人に盗んだ金で買っているのが気付かれないかとドキドキであった。手にして、一口なめた途端に激しい罪悪感が激震のように身体を震わした。買ったばかりの物をドブに捨てた。捨てれば罪があがなわれると子供心に思ったのである。この体験は私の心に深く残り今日に至っている。

罪悪感も千差万別であれば、人は矛盾の塊でもある。矛盾が大きく持続すると自己の統合が取れなくなって最後には自己破壊が起こる。矛盾を統合させようとして人は生きていく。組織も人もそうである。当初は、矛盾を持っていてもより良い方向へと努力する。努力せずに隠ぺいしたり矛盾をそのままにする方法は猜疑心と強圧な体制を形成して、いつしか内部から腐敗を生み、組織も人もある日ある時突然に崩壊する。

昨年、本田技研の創始者である本田宗一郎氏が逝去された。会社のためでなく自分のために働けと檄を飛ばし、従業員を第一義とし会社は社会の公器とした氏は、人の矛盾を前向きに解決していった当世第一の人であった。本田氏の精神が生き続ける限り、車はホンダを買いたいのがファンの気持ちである。

人は罪悪感や矛盾をはらみながらヤジロベェのバランスの中で生きていく。乳幼児の模範となる保育者、豊かな暖かさで包む福祉従事者。いずれも、自己の矛盾や罪悪感のあり方を自問自答しながら、自らも幸せになるとともに周囲の人も幸せになる方向を模索続けて欲しい。

卒業おめでとう。

1996（未発表）

「正業に復帰し、精励しよう。」

広辞苑によれば“正業”とは、「まともな職業、かたぎの職業」という意味があります。バブルは、日本全体が個々の正業への心と姿勢を喪失したために派生した現象です。結果、日本は、爛熟後の汚辱と腐敗と不信と責任喪失をもたらしました。砂上の楼閣が今日の日本の姿といっても過言ではありません。

たまたま、地政学的な条件とこれまでの先人達の勤勉と責任感と真面目さの努力の所産で、バブル崩壊後もかろうじてか細いながらも一応の安定がもたらされているだけです。

改めて、それぞれが正業に従事しかつその職務を精励し、集団と個との関係の中でも何が正しく何が大事であるかを常に自問自答しながら、孤立の憂き目にあっても正業を行動していく勇気と気概が大切です。

各人の努力は小さく微々たるものであっても、その集積が将来の日本の方向性を見誤らず、より一層の繁栄をもたらしてくれるものです。その出発のひとつに諸姉らの乳幼児教育や福祉や介護があり、そこに新生日本の再生の原点があることを自覚して下さい。

卒業おめでとう。

1994年(不採用)

謹賀新年

バブル崩壊による不況と脱亜入米の戦後思想は、解雇による年功序列と終身雇用を瓦解させ始め、一方、同族経営や世襲制の崩壊の礎も胎動させました。実力主義の美名も、組織への帰属や愛着心を急速に失わせる心を招来させ始めたようです。

いかなる社会関係を形成するかは、今後の論を待たなければなりません。ただ、社会的公平や還元を遵守すること、職分に応じた社会的使命に精励すること、派中派や徒党をくまないことによって、組織と個人の関係の健全性が養われ次世代へのゆるやかな委譲がなされるでしょう。このような思潮を大切にしたいものです。

本年も何卒、皆様方のご厚誼を頂きますことを、切にお願い申し上げます。

平成6年元旦

■ **著者紹介**

坂口哲司（さかぐち　てつじ）

1949年、熊本県生まれ。1972年、熊本学園大学（旧：熊本商科大学）商学部商学科卒。1979年、関西大学大学院社会学研究科社会学専攻社会心理学専修博士後期課程終了。その間、大阪教育大学教育学科研究生、関西大学経済・政治研究所大学院委託研究生となる。1983年、大阪保育学院専任講師。1992年大阪教育福祉専門学校（旧：大阪保育学院）教授。2006年、大阪総合保育大学児童保育学部児童保育学科教授となり現在に至る。

著書

「看護と保育のためのコミュニケーション―対人関係の心理学―」（著／ナカニシヤ出版）、「羞恥―女子専門学生が体験した看護・教育・保育・介護場面―」（著／ナカニシヤ出版）、「保育・家族・心理臨床・福祉・看護の人間関係―人間の生涯・出会い体験―」（編著／ナカニシヤ出版）、「生涯発達心理学」（編著／ナカニシヤ出版）、「保育人間関係」（編著／田研出版）、「心理学へのいざない―わたしとあなたの世界を理解するために―」（共著／ナカニシヤ出版）、「学習指導の心理学」（共著／ぎょうせい）、「現代の心理学」（共著／有斐閣）、「栄養指導論」（共著／八千代出版）、「心理学者が語る心の教育」（分担執著／実務教育出版）、「心の発達と教育の心理学」（分担執著／保育出版）、「交通安全学」（分担執筆／企業開発センター交通問題研究室）、「青年心理学事典」（分担執筆／福村出版）、「心の発達と教育の心理学」（分担執筆／保育出版）、「こころを育てる心理学」（分担執著／保育出版）、「子どもと保育の心理学」（分担執著／保育出版）など。

送迎の言葉　―社会心理学の視点―

2009年3月20日　初版第1刷発行　（定価はカヴァーに表示してあります）

著　者　坂口哲司
発行者　中西健夫
発行所　株式会社ナカニシヤ出版
〒606-8161　京都市左京区一乗寺木ノ本町15番地
Telephone　075-723-0111
Facsimile　075-723-0095
Website　http://www.nakanishiya.co.jp/
E-mail　iihon-ippai@nakanishiya.co.jp
郵便振替　01030-0-13128

装幀＝白沢　正／印刷＝ファインワークス／製本＝兼文堂

ISBN978-4-7795-0345-0